〔萬曆〕

顺天府志

卷之二

順天府志卷之二

順天府府尹沈應文、府丞譚希思訂正
治中楊應尾、通判吴有豸、譚好善、
陳三畏、推官凌雲鵬、知縣崔謙光同閱
教授李茂春、訓導陸楨、管大武、高好問分閱
大興縣丞張元芳彙編

營建志

《禮》曰：「毋起大工，毋動大衆。」言興建之不可不謹也。顧庠序學校，所以養賢；城郭溝池，所以固守。在公有署，出治以宜民；途處有郵，爰咨而駐節。壇社以報本，反始百世，胥存佛、老，亦聖世不遺。二氏攸止，是皆勞民以役，動民以財。經國事者，不容缺而不講也。志營建。

城池

夫深溝高壘，重關大澤，所以爲民坊也。兵法曰：女墻百雉，重淵九尋，嶮巇巇嵲，形勝乃生，言守也。顧人心可恃，則金湯收保障之功。使民不效命，其誰與守？堅城深池，所謂偕寇兵而賫之稻糧者也。善乎？孟軻氏之言曰：

「固國不以山谿之險。」則所重固在此而不在彼歟。

順天府

大興縣

宛平縣 俱載金門圖。

良鄉縣

正統中，築土城。隆慶二十年，知縣安守魯奉例燒磚包砌，通龍泉諸水繞城。

固安縣

土城，正德十年，知縣王宇創築。〔注一〕嘉靖二十九年，知縣蘇繼砌磚。四十四年，知縣何永慶重修。嘉靖六年，知縣李玞鑿池，歲夕沙淤。四十三年，知縣何永慶重鑿，縣丞樊景明夾池植柳數千株。

香河縣

舊爲土城。正德二年，砌磚。嘉靖四十四年，知縣范經增高五尺，修角樓四座。萬曆二十年，知縣陳增美復增高二尺。

通州

州有新、舊二城。元以前無城。國朝洪武元

〔注一〕「正德十年知縣王宇創築」，光緒《順天府志》卷二十一《地理志三·城池·固安縣》作「正德十四年，山東盜掠河北，御史盧雍輿知縣王琮始創土城」。

年，燕山忠敏侯孫興祖從大將徐達定通州，督軍士修城潞河西，甃磚周九里。正統間，太監李德、鎮守陳信奏建新城。嘉靖六年，巡撫李貢增修，加五尺。舊、新二城外，各有隍深闊。萬曆二十一年，以倉儲重地，請於上，重建磚城。

三河縣

舊城在縣治東三里許泃河南，被水衝廢。後唐明宗長興三年，盧龍節度使趙德均因夷虜出沒，改置今城，方六里。内築土基，外砌磚石，壕闊三丈，深半之。嘉靖二十九年，虜臨城下，知縣張仁增高五尺。至四十二年，虜夾城南掠，知縣劉文彬又增五尺。未幾，大巡房練溪奏討帑銀一千兩，動支撫按贓罰銀一千二百兩，大加修理。知縣張綸增置角樓、敵臺，墻頂磚鋪灰灌。

武清縣

舊城在白河十七里丘家莊南。洪武初，遭水患，遷西八里。元衛帥府鎮撫衙，即今治。舊無城。正德六年，流賊變，知縣陳希文築土垣。嘉靖二十二年，霸州兵備楊大章因城内多曠地，截去東北二里〔注一〕，乃築土城，樹女墻。隆慶三年，

〔注一〕「東北二里」，光緒《順天府志》卷二十一《地理志三·城池·武清縣》作「東北二面」。

巡撫劉應節，總督、侍郎譚綸，知縣段雲鴻、張鳴修磚城。河西務、鈔關，舊無城。隆慶三年，巡撫楊兆，總督、侍郎劉應節，霸州兵備副使吴兑、〔注一〕宋守約，始建磚城。

漷縣

舊無城。正德初，知縣郭梅築土城。萬曆四年，總督軍務楊兆委知縣李子躍修治磚城。

寶坻縣

舊爲土城。弘治初，〔注二〕知縣莊襗修築磚城。正德辛未，流賊至城下，攻不克。嘉靖四十三年，知縣唐鍊復增城二尺，浚池一丈二尺，闊倍之。

昌平州

州城約六里。奏討内官監官匠修造新城，約四里餘。二城皆内土外磚，城濠舊者略深闊，新者逼窄。城中譙樓，乃天順三年天壽山守備廖鏞修造。欽降銅壺滴漏。

順義縣

原築土城。嘉靖二十九年，虜變，奏請入府錢糧，修築磚城。隆慶二年，巡撫劉應節題請增

〔注一〕原稿「霸州」，《明史》卷二二二《吴兑傳》作「薊州」。

〔注二〕「弘治初」，光緒《順天府志》卷二十一《地理志三·城池·寶坻縣》作「弘治庚申」。即十三年。

高五尺，濠深一丈五尺，闊四尺。

密雲縣

舊城創於洪武年間，原設三門，周圍九里，分屬密雲中衛五所。新城創於萬曆四年，在舊城之東。

涿州

州城，相傳築自顓帝，世遠茫昧，竊恐未然。城周圍九里有奇。景泰初，知州黄衡甃磚，隍深十尺，廣倍之。

房山縣

舊城，創於金大定年間。國朝弘治間，知縣閻岱增葺。正德間，知縣曹俊修置城樓。嘉靖間，知縣王崇學加修墩臺。隆慶間，知縣李琮重修。萬曆乙亥歲，知縣陳庭訓周圍植樹。

霸州

舊傳燕昭王築。宋將楊延朗修葺土墉，以禦契丹。金元因之。國朝弘治初，知州徐以貞建東北樓。己未，知州劉珩以磚包城北面。正德間，知州王汝翼請内帑，陶甓三面包之。嘉靖庚子，兵備王鳳霖募工浚池，環堤樹柳。

薊州

舊土城。洪武四年甃磚，周圍六里，北倚山，南瀕水。

玉田縣

舊土城。成化三年，都御史閻本包磚。隆慶己巳，虜患，增修，挑浚城壕，深闊倍之。

豐潤縣

舊土城。正統十四年巡撫鄒東學、天順六年總兵馬榮甃磚，未半而止。成化初，巡撫閻本始完四里。隆慶二年，巡撫劉應節因邊警，率知縣馮如圭重修。舊池堙塞，復加疏鑿，深闊二丈。

平谷縣

舊土城。形制低狹。成化丁亥，巡撫閻本增城包磚，塹闊二丈五尺，深半之。嘉靖壬午，寇入城中，巡撫孟春命兵備熊相重修。嘉靖癸亥冬，虜馬奄至城下，知縣任彬設法守禦，殪其酋二人，虜引去。彬又增築五尺，浚其塹，沿堤植柳。隆慶二年，知縣瞿𦖋復挑浚壕池，幫築城墻。

永清縣

舊爲土城。正德十年，流賊兵火，知縣郭名

〔注一〕光緒《順天府志》卷二十一《地理志三·城池·永清縣》作「正德五年，流賊突犯，毀官捨，劫倉庫，知縣郭名世始拓土城，袤五里餘」。

世重建，周五里。〔注一〕隆慶二年，霸州兵備孟重委判官王建砌磚。

保定縣

城周環三里，池深一丈五尺，闊三丈。

遵化縣

城池創自唐之天寶。洪武十年，指揮周寶式廓西隅。萬曆八年，重建。

東安縣

城舊爲土城，計三里許。於隆慶四年，知縣劉祐易之以磚。

懷柔縣

城舊爲土城。成化三年，以磚石重修。隆慶年，始增甃城、敵臺。萬曆年，重修之，下甃以石，上砌以磚。

文安縣

城計八里，係土城。正德九年，重修。萬曆十三年，知縣官延澤增修。

大城縣

城在嘉靖四十年建，以磚包，高二丈二尺，門樓四座，角樓四座。

公署

國家建職莅官，總治有所，分治有署，以至駐節麾旄，各有攸止，以節勞也。噫，戴星出入，不違燕處，古人芳規，皆可師法。出門使民，儼然稱尊。士君子一日安於其位，則安可一日肆也。

順天府

府治，在大興縣西北。候氣堂，冬至日，以葭管吹灰。在府治後。巡按察院，在西河漕。提學察院，在按院後。巡鹽察院，在順城門西。屯馬察院，在學院北。京畿察院，在三法司門北。巡倉察院，在承恩寺前。巡關察院。在西城。以上各院俱在宛平縣西地方。

大興縣

縣治。在北城教忠坊。

宛平縣

縣治。在北安門西。

良鄉縣

縣治，在城西南。養濟院，在縣治北。常盈倉，在縣治前。豐濟倉，在縣治後。草場，在豐濟倉東。社倉二處，一在燕谷店，一在官莊。都察院，在縣治南門東。後東察院，在縣治北。後西察院，在東察院西。分司，在都察院西。兵備道，在縣外東南一里。新公館二處，俱縣治東。衛治，在城東北。守備行厅。在北門東。

固安縣

縣治，東西闊七十六步，南北長一百二十步。洪武二年建，九年重修。天順四年，李知縣端重修。成化十年朱知縣善重修。申明亭，在縣治右。旌善亭，在縣治大門右。陰陽學，在縣治東南。醫學，在縣治南。僧會司，在縣治南，觀音寺後。道會司，在縣治東北長真觀後。養濟院，在縣治西北。舊預備倉，在縣治西南。新預備倉，在縣治大門內西。舊存留倉，在縣治南。新存留倉，在縣治大門內東。河寧巡檢司，舊在縣治南，後改在宛平縣龐家莊。稅課局，在縣治東南。察院，在縣治東。太僕寺行署，在東街馬神廟後。今廢。公館，在北街。今廢。舊府廳。在縣治西北新街，改建於通衢，南向。

香河縣

縣治，在西街南。申明亭、陰陽醫學，今廢。預備倉在縣治後。察院，在縣治東。府廳、衛治。在縣北門內。

通州

州治，在城北門內以西。陰陽學、醫學，俱今廢。僧正司，在嘉靖寺。道正司，在悟仙觀。養濟院，在府館東。預備倉，在儒學對門。通濟庫，在州治南，六運中倉之內。稅課局，在舊城南門內。東察院，在州治東南。西察院，在新城西門內以南。尚書館，在新城南門內以東。户部分司，在尚書館後。工部修倉分司，在西察院前，內有侍郎館。工部管河分司，在州治西。忠瑞館，在新城西察院東。忠敬館，在忠瑞館後。太僕館，俗呼驗馬廳，在儒學西。府館，在察院東。張家灣巡檢司，在土橋西。北關巡檢司，在舊城門外。弘仁橋巡檢司，在州城南三十里。提舉司，在張家灣廣利閘。宣課司，在張家灣土橋北。鹽場檢校批驗所，在張家灣烟墩橋。抽分竹木局，在州城南門外閘河西岸。黃船廠，在州城北門外。大通關，在張家灣長店。料磚廠，在張家灣。北關竹木局，在北門外。花板石廠，在張家灣。鐵錨廠，在張家灣。分守衙，在州治西南。曹帥府，在舊城南關。錦衣館，在新城西察院東。通州衛，在州治東南。通州左衛，在州治東南。通州右衛，在東察院前。神武中衛，在鐘鼓樓後西北。定邊衛，在州治西南。教場。在舊城東關。

三河縣

縣治，洪武初建，正統間重修。申明亭，在縣門東。旌善亭，在縣門西。陰陽學、醫學、養濟院、社倉、都察院，俱無。僧會司，在圓覺寺。預備倉，在縣治西。軍儲倉、草廠，俱在縣治東北隅。東察院，在縣治東。西察院，在縣治西。今改部道公署，頗壯麗可觀。府館一所，在縣治西。户部分司

一所。在縣治東。

武清縣

縣治，在城中，南向。申明亭，在縣治東。旌善亭，在縣治西。陰陽學、醫學，俱無。僧會司，在縣治南。養濟院，在縣治正北。預備倉，在縣治西廊後。前察院，在縣治東南。後察院，在前察院後。户部分司，在河西城內。工部分司，在河西務城內。管河通判廳，萬曆十五年，撫按題准，駐扎楊村，專管河道、巡監、捕盜。管河主簿廳，在河西務城內。管河把總廳、河西税課局、楊村巡檢司，俱裁革。河西巡檢司，與驛同城。小直沽巡檢司，在縣治東南一百二十里。韓家樹河泊所，縣南百里。今廢，印存庫。武清衛。在縣治東，即舊元帥府地址。

漷縣

縣治，舊在城東南隅。元升爲州，遷於河西務。至正年復遷舊地，改設城東隅。洪武四年，漷州同知楊思賢創建，後復爲縣。申明亭、旌善亭、陰陽學、醫學，今俱廢。僧會司，在縣西門外祐國寺內。道會司，在縣西南城隍廟。養濟院、預備倉、公館，俱在縣治南。東察院、户部分司，即今鈔關。城外公館。在縣治東。

寶坻縣

縣治，自金大定間創設，在渠水之南，大覺招提之西。國朝洪武元年，遷於城之西南。申明亭，在縣治西。接官亭、陰陽學、醫學，俱在縣治東。僧會司，在廣濟寺。養濟院，在縣內西北。預備倉，在縣治西南。仿古社倉，在縣西門內。和睦倉四所，在四鄉社學內。察院、太僕寺、府廳，俱在縣東。演武場，在縣西門外。桑園，在縣西十五里。嘉靖間，知縣張元相創，周圍約二十畝，歲久荒廢。今知縣唐録新築墻垣，植桑數百株，復力勸農桑，以興民利。蘆臺巡檢司、黃沽，俱在縣東南一百二十里。橋頭，在縣北八里。王甫營。在縣北三十里。

昌平州

州治，舊爲昌平縣，在永安城內。景泰三年升爲州。申明亭，在州大門左。旌善亭，在州大門右。陰陽學、醫學，俱今廢。僧正司，在州治後瑞光寺。養濟院，在州治城外西關南。預備倉，在舊四鄉，今廢。景泰三年，移置州西街南建倉。居庸倉，在州城東門內。居庸草場，在州城內西北隅。教場，在州治小南門街東。新都察院，在新城大街西。都察院，原無建設，因防日在州駐扎，乃以永陵衛暫停駿焉。在新城大街西巷。東察院，在州治大街東。西察院，在州治西。翰林院公館，舊在儒學內，劉諫議祠之後。凡內翰陪祀到州，必宿此。六科公館，在州譙樓西北。光禄寺公館，在譙樓南。吏部四司公館，在東院西壁。户部分司，在州西南城角下。太監廠，一在紅門內東，謂之上廠；一在州治後巷瑞光寺西壁，謂之下廠。守備衙門，在州城大街東少北巷內。總兵府、昌平道，俱在州新城大街東第一巷內。通判衙門，在譙樓東大街。長陵衛，領七所，在州城西北譙樓之後。經歷司獻陵衛，領五所，在州城西譙樓南之右。經歷司景陵衛，領五所，在州城東譙樓南之左。經歷司裕陵衛，領五所，在州新城內東北。經歷司茂陵衛，領五所，在州城內中東。經歷司泰陵衛，領五所，在州新城內東南。經歷司康陵衛，領五所，在州新城內正西。經歷司永陵衛，領五所，在州新城內正西。經歷司。

順義縣

縣治，在城北門內西。陰陽學、醫學、舊稅課局，俱以今廢。僧會司，在龍興寺。養濟院，在龍興寺西。東察院，在縣治東南小巷內。西察院，在縣治西南小巷內。兵備道，在縣東南。舊府廳。遺迹在縣治西南小巷內。

密雲縣

縣治，舊城，鼓樓西，原治洣溢傾圮。萬曆二年，知縣邢玠、張世則闢地重建。申明亭、旌善亭，俱在縣前。陰陽學、醫學，俱在舊城縣西。僧會司，在縣北隆興寺內。道會司，在縣北真武廟內。養濟院，縣東南。龍慶倉，在舊城縣南。石匣城、古北口倉，在古北口城內。廣積倉，大水谷。廣有倉，曹家寨。廣盈倉，石頭嶺。廣豐倉，白馬關。廣儲倉，墻子嶺。戶部銀庫，舊城縣東。草場，舊城西南。教場，新城北。石古、曹墻、石匣各路教場，俱在各路門外。裕邊場，舊城南門外一里。施藥局，在縣東。稅課局，在南關。惠民局，在縣南。鄉約所，新舊夾城內。萬曆五年，庠生劉景富等建。鼓樓，舊城縣東。鐘樓，鼓樓後。望夷樓，古北口。獲野館，舊城西門外五里。總督府，原在舊城東南。萬曆五年，改造新城正北。都察院行臺，舊城鼓樓東，原係密雲中衛改建。戶部分局，縣東南。兵備道，縣東南。協守副總兵營公署，縣西南。振武營公署，縣東南。東營，縣西南。西營，縣西南。輜重營，縣南。永勝營，新城北。石匣營、石匣西路南兵營，俱在石匣城。石塘嶺營，在石塘嶺城。古北口營，在古北口。曹家寨營，在曹家城。墻子嶺營，在墻子嶺城。守備公署，舊城鼓樓北。管糧通判廳，在舊城縣南。密雲中衛，兵備道東。密雲後衛。在古北口城。

房山縣

縣治，在西大街，創於金元間。洪武四年，主簿胡用賓新而大之，知縣王敔重修。申明亭、管支亭，俱縣門外東。旌善亭，在縣門外西。陰陽學、醫學，俱在縣治東，知縣陳庭訓重修。僧會司，寄福勝寺。養濟院，在草場對過。預備倉、草場，在北察院西。社倉，在社學北，知縣陳庭訓建。大察院，在東大街。北察院，在縣治西北。磁家務巡檢廳、漏澤園。在縣北二里。

霸州

州治，在城西，洪武庚戌創建。陰陽學，在州前。醫學，在陰陽學後。僧正司，在州東門外普濟寺。養濟院，在州治西倉巷內。稅課局、河泊所，今俱革。巡檢司，在苑家口。演武場，在北門外柳行街東。都察院，在兵備道東。察院，在兵備道西。兵備道，在都察院後。行太僕司，在城西北。順天行府，在州治西。文明書院。在都察院東。副使周復俊隙地建。

大城縣

縣治，在城中。洪武元年，主簿周自銘創置。申明亭、察院，俱在縣東。陰陽學，今廢。醫學、養濟院、分司，俱在縣南。僧會司，在縣西北。預備倉。

在觀音寺右。

薊州

州治，在崆峒山西南。自遼迄金，址仍其舊。元至正間，拓其舊址，新其故署。國朝洪武初重建。景泰三年，芝産後堂，知州姚恭因扁爲靈芝堂。申明亭七處、陰陽學，俱在州門左。醫學，在鼓樓前。僧正司，在獨樂寺後。道正司、養濟院，在城西門外。預備倉，在儀門外東。薊州倉，今改於州城之北隅。察院，在州東。户部分司二所，一在州西南，一在倉內。兵備道，在州南。太僕行寺，在州西北。北公館，在州東北。南公館二處，一在堂子巷西，一在州西。府館，在州南。薊州衛，洪武八年建。舊衛，即兵備道。正德十一年，兵備副使王琬買地於東門內，從建今衛。營州右屯衛，在州東。鎮朔衛，在州東南。演武廳。在城西南。

玉田縣

縣治，在城內北，元泰定元年創。國朝洪武間因之。天順七年，知縣喬瑾重修。申明亭、陰陽學、醫學，俱在縣治南。僧會司，在縣治東南。道會司，在西關。養濟院，在縣北街東。積留倉、預備倉，俱在縣治西。查盤驗糧廳、察院，俱在縣治東。西寺後公館一所、學後公館一所、公館、興州左屯衛，俱在縣東南。撫夷館二處，在西關外。官廳二所。一在東關外，一在西關外。

豐潤縣

縣治，在城東北隅，金大定二十七年建。元至元七年，縣令孫慶瑜修。申明亭，縣門外西。陰陽學，在東街。醫學，在南街。僧會司，在弘法寺內。養濟院，在城隍廟西。越支場鹽課司，在縣治南一百里。税課司，在縣治南。漏澤園二所，一在城東，一在城南。豐盈倉，在縣治西南。預備倉，在縣治西隅。在鄉倉四處、東察院，在縣東。西察院府館。俱在縣西。

遵化縣

縣治，在城東北。申明亭、道會司、預備倉四處、惠民局、都察院、太僕行寺，俱縣治西。陰陽學、醫學、僧會司、察院、工部分司、府館，俱在縣治東。鎮守府、東勝右衛、寬河守禦千户所，俱在縣治南。遵化衛，在縣治西南。忠義中衛，在縣東南。總鎮府，在縣治南。演武廳。在縣治北二里。

平谷縣

縣治在東街，洪武初建。成化五年，知縣郭銘重修。申明亭，在縣門東。旌善亭，在縣門西。陰陽學、醫學，俱今廢。僧會司，在縣治西覺雄寺。道會司，在縣東南朝陽觀。積留倉，今裁革。察院，在縣治東。後察院，在縣治北。營州中屯衛。在察院東。

永清縣

縣治，在城中。唐天寶元年，更名永清縣。洪武七年，知縣盛本初建。洪武十二年，知縣劉子初重修。察院，在縣治東南。洪武初，知縣盛本初造。稅課局，在縣治南街東。洪武間，知縣劉子初建。惠民藥局，縣治南。洪武間，知縣劉子初建。陰陽學，縣治左。洪武初，訓述李得建。永清驛，縣治東北二十里。永樂初，知縣王振建。

涿州

州治，在城東南，大元天曆二年建。察院，一在東門外，一在城州治南。涿鹿衛，在州治後。涿鹿左衛，在州治西。涿鹿中衛，在州治東南。遞運所。

保定縣

縣治，在城中，洪武十四年建。察院，在縣治東，洪武十四年建。府館，在縣治東，察院右。弘治十一年，本府通判舒珦、知縣趙徵重修。養濟院。在城東門外。弘治十三年，知縣王大輅遷於城北門內之西。

東安縣

縣治，在城中街。洪武二年，改州爲縣。三年，因渾河爲患，遷治於常伯鄉張李店，即建縣治。察院，在縣治南，正德年建。萬曆十三年，知縣劉世武重修。旌善亭、申明亭。在縣門首。

懷柔縣

縣治，在中街西門迤東，洪武十四年始創。兵備道，在縣治南，萬曆三年建。守備衙。在縣治北，萬曆元年建。

文安縣

縣治，漢縣令趙夔建。洪武初年重修。察院，有二處，俱嘉靖十四年知縣李時中建。旌善亭、

申明亭，在縣之左右。醫學。在縣治東。

學校

夫國家稽古右文，廣厲學官，而二百餘年，雲飛霞變，龍翔鳳翩，夐乎尚矣！彼都人士，萬民所望。奈之何，世教日偷，士氣不振，一切愛慕健羨入焉而喜，榮利富貴入焉而溺。此非我祖宗待士意也。《禮》曰：師嚴而後道尊，道尊而後官正。〔注一〕風化之原，師儒其可忽諸？

順天府

儒學，在府治東南教忠坊。洪武初，以元大

〔注一〕《禮記正義》卷三十六作「師嚴然後道尊，道尊然後民知學。是故君子所以不臣於其臣者二。」

和觀地爲大興縣學，國子監爲府學。永樂紀元，改北平布政司爲順天府，仍以府學爲國子監，大興學爲府學，并屬焉。規制未備，歲久漸圮。宣德三年，府尹李庸修理，大學士、建安楊榮爲記。曰：順天府學，歷年既久，殿堂齋舍頽敝，射圃爲傍近居民侵蝕殆盡，有司未及修復。皇上嗣統三年，工科給事中、保定李庸爲府尹，莅事之初，祗謁先聖，周覽學宫，爲之嗟咨。即日狀其實以聞，詔許之。庸祗承惟謹，集材鳩工，以次興作。於是大成之殿、明倫之堂、祠廡齋舍、庖湢之所，

焕然如新。未逾三載，卑隘者高廣，頽敝者完美，侵蝕者悉復如舊，神位有所，祭奠有器，其成功信非苟然者。訓導成規具始末徵記。予惟孔子，以天縱之聖，丕明堯、舜、禹、湯、文、武之道，以詔來世，而南面出治之君，莫不敬仰師法，以安天下。其所以宣詔教化，作新人才，深有賴於學校也。我國家聖神相承，興學崇儒，以弘治化，有關於先。今聖天子光紹前烈，修學校之政，簡俾良有司，責其成效，而克新廟學如此，豈直爲壯觀之具已哉！尚期爲師者，明其道以淑後進；爲弟子

者，勉力就學，底爲成才，出爲世用。俾天下郡邑學校，咸稱京都密邇聖化，得效尤盛，然後爲無負國家崇祀之意也。

正統十一年，府尹王賢重修，少司徒廬陵陳循爲記。曰：聖朝以唐、虞、三代爲法，學校先於京師。既建太學，儲天下之英才；復設京學，育畿内之後秀，孟子所謂堯舜之智不偏物，急先務者是也。蓋學制在四方者，府齋有四，州三，縣二。而順天府學，其齋則再陪於縣。蓋過於四方府學，而倍於州學，其視府州縣之學，尤在所當先。學在今府治東南教忠坊，初元太和觀也。洪武元年，以觀爲大興縣學。永樂元年，升北平府爲順天府，則大興縣儒學例不得設矣，遂以爲府學。九年，同知甄儀建明倫堂、東西齋舍。十二年，府尹張貫建大成殿，又建栖生舍於明倫堂後。皆苟具一時，加以歲久，日就頽毁，無以稱京學當先之意。寧陽王賢來爲府尹，顧其舊址，四邊多爲軍民侵，而不足以擴充堂構。乃謀於府丞番陽王侯弼、治中長沙易斌、通判寧海楊轅、推官安陸彭理，相與請復其地。既得請，遂撤故新之，爲大成殿，翼以兩廡，前爲戟門，以祠先師、先賢。殿與門爲間各三，廡爲間各五。因舊爲廟，以祠宋丞相信國文公。爲六齋於明倫堂東西，附以栖生之舍。會饌有堂，有廚，有庫，而蔽之重門。齋門、廚庫爲間各三，饌堂爲各五，而舍爲間十一，倍於饌堂。經始於正統十一年七月二十六日，落成於十三年十二月十七日，材出節公門之費，而人不爲侈；工出省民役之正，而人不爲勞。其爲壯偉弘麗，視太學雖有間，視四方儒學則焕然，足聳京畿之觀瞻也。越明年春，教授梁礴輩懼無以著郡侯興學育材之意，謀於今國子助教前教授沈寧暨、前訓導趙焕，相與礱石，請文於余。君子之道，未有不學而成者，必有所致，尊崇之禮，於其所宗，自孔子以及顏子、曾子、子思、孟子而下，吾道出所宗也。祠不祠固無預聖賢之損益，而吾徒欲致尊崇之心，舍是無所從事。此學者必先廟而後學，而學之道亦必先本而後末也。先儒有言：德行本也，文藝末也。觀孔子之教有四，而忠信爲本，使凡來游學於是者，誠能先之忠信以敦其德，繼之文行以博其藝，將見風俗之美，人才之盛，皞皞乎，彬彬乎，於輦轂之下，有莫能禦者矣。故於記學之成，書以期之。

成化改元，府尹張諫、閻鐸，先後修葺，大學士商輅爲記。曰：順天府儒學，永樂初改建，至是幾七十年，雖數加葺治，率因陋就簡，未有能侈前規者。乃成化改元，府尹張君諫，相舊齋廡逼近堂廟，闢東西地廣之，堂之北創後堂五間，左右房各九間，廟之外，戟門、櫺星門皆撤而新之。學之門，樹育賢坊二，東西對峙，示壯觀也。張去，繼爲尹者閻君鐸，鋭意學政，凡前工未畢者，既皆足之。復念士乏棲止，勞於出入，擇堂齋前後隙地，悉建號房，通五十餘間，重建學外門三門廟若廡，皆易朽以堅，而加藻飾焉。學後面北，民居錯雜，購而拓之爲厨庫，爲射圃，崇墉廣廈，焕然一新，人用快睹，士益知勸，尹之功大矣！教授柴誠，具修建始末，偕諸寅造予請記。惟學校人才，風俗所繫，風俗之厚薄，觀人才之盛衰，使出於學校者，皆道德之良，則成於遠邇者，悉敦厚之化。矧今聖人在位，崇正學，黜邪佞，示人以大公之道。爲士者游歌芹泮，沐浴膏澤，當以孔孟爲師，以正人爲法，立心必正，議論必正，以之孝親，忠君，臨民，行政，無一不出於正，教化自是愈明，風俗自是愈厚，庶上無負朝廷設學育才之意，下無負有司作興勸率之功，於吾道不亦有光乎！彼爲名與爲利，雖清濁不同，而利心則一，士當以此爲戒。噫！京郡列郡之表，學校所觀法也，尹誠知重矣，士可不知自重哉！僭爲之記以告。

萬曆庚辰歲，督學商爲正疏拓之，遷宋文丞相祠於學宮東，鄉人就其地建懷忠會館。歲戊子，督學楊四知建尊經閣於文廟東北，新文昌祠於東南。庚寅淫雨，廟祠就圮，府尹朱孟震重修，府丞李楨爲記。曰：歲在庚寅，余丞順天府，學校其專職也。始謁先師講於堂，目廟學剥蝕特甚，余殊惻之。已而暑雨彌旬，至於秋七月廡廟堂齋諸祠舍，胥壞不可居，祭欙行水土中，余殊惻之，乃問兩附邑以修飾狀，咸縮朒無以應。余曰：嗟哉！乏亦至此乎！粤永樂改建之後，嘗三修拓之，稱鴻制云。亦越有年。萬曆庚辰歲，益繕構之，費至二千緡，今僅十稔爾，胡傾圮若是？豈修心者事不堅，而督以攻之者非其人也？今余何辭！於是謀之堂長朱秉器公，公報，曰可。爰括羨鍰干諸屬郡邑，或十餘金，或七八金，得二百餘鍰，余捐薪稍佐之，始於歲八月中旬，十月朔告襄事。是日也，行鄉飲禮，雍容齋遬，無敢嘩以亂執事，印而瞻，頫而眕，廟廡跂立，堂齋聳，觀櫺星、戟門，文山、鄉賢、名宦諸祠，儵煥然禮義之區矣，於是諸博士弟子員來徵文。余諗之曰：余加意於斯修也，而豈徒哉！夫京師，四方之極也。孔子，萬世之極也。方極定，則寄象鞮譯之衆弗得以亂華；世極明，則佛老技

術之流弗得以於正。故重京師以正四方，崇孔子以惠萬世，禮固然也。昔吾孔子祖二帝，宗三王，律時襲土，辟如天地四時日月。而賢如顔氏之子，亦嘆其不可及，不可爲象宜其已甚難行矣。夷考其爲事君盡禮，事親盡心。盡禮則忠，盡心則孝。忠則天下萬世之爲臣者取裁，孝則天下後世之爲子者取準。譬之天地之有四時，日月無不流行，無不臨照，然樞紐所在，必有極以斡旋之，諸凡萬象萬形，森羅於中天，九州内外者，不能外焉。故孔子，太極也。京師，治教之極也。欲四

方之風動，必自京學始。欲京學之教端，必自孔子始。欲孔子之學明，必自忠孝始。殿曰大成，堂曰明倫，諸生之印思之，俯察之，舍天下之達道末由矣。當雨甚日，余曾暫憩於大悲閣上，棟下宇內宮外墻巍然，帝王丕居矣。其六百七十七函之藏經，絲繒金碧，燿燿耳目，其爲頭佗者，焚洗而展誦之，市井黎龐，偕竭資以供之，余嗟咨者三，徬徨者再。何獨吾儒不然乎？夫异教之倡，正教之哀也，起人心，闡於風化，故身任立極之君子，當思所以返之矣。文成，竊附建寧、盧陵、淳安三公後，鐫石堂左，用備參考云。是役也，成勞在縣丞盧茂、劉鳳翔，其省勸綜核，則寅友蔡倅桂也。若大興知縣王建中、宛平知縣沈榜、教授李士登、陳九官、訓導滕濟倫、楊時中、李芳、馬科、管大武、陸楨、李桂偕，遹觀厥成者記之。

卧碑

禮部欽依出榜，曉示郡邑學校生員，爲建言事理。本部照得：學校之設，本欲教民爲善，其良家子弟入學，必志在薰陶德性以成賢人。近年以來，諸府州縣生員，父母有失家教之方，不以尊師學業爲重，保身惜行爲先，方知行文之意，眇視師長，把持有司，恣行私事，少有不從，即以虛詞徑赴京師以惑聖聽，或又暗地教唆他人爲詞者有之，似此之徒，縱使學成文章，後將何用？況爲人必不久同人世，何也？蓋先根殺身之禍於身，豈有長生善終之道？所以不得其善終者，事不爲己而訐人過失，代人報讎，排陷有司，此志一行，不至於殺身未知止也。出榜之後，良家子弟，歸受父母之訓，出聽師長之傳，志在精通聖賢之道，務必成賢，外事雖入，有干於己，不爲大害，亦置之不忿，固性含情以拘其心，待道成而後行，豈不賢人者歟？所有事理，條列於後：

今後府州縣學生員，若有大事干於公家者，許父兄弟侄具狀入官辯別，若非大事，含情忍性，毋輕至公門。

生員之家，父母賢志者少，愚痴者多。其父母賢志者，子自外入，必有家教之方，子當受而無違。斯教行矣，何愁不賢者哉？其父母愚痴者，作爲多非，子既讀書，得聖賢知覺，雖不精通，實愚痴父母之幸獨生是子；若父母欲行非爲，子自外入，或就内知，則當再三懇告，雖父母不從，致身將及死地，必欲告之，使不陷父母於危亡，斯孝行矣。

軍民一切利病，并不許生員建言。果有一切軍民利病之事，許當該有司、在野賢人、有志壯士、質朴農夫、商賈技藝，皆可言之，諸人無得阻當，惟生員不許。

生員内有學優才贍，深明治體，果治何經，精通透徹，年及三十，願出仕者，許敷陳王道，講論治化，述作文辭，呈禀本學教官，考其所作。果通

性理，連僉其名，具呈提調正官。然後親齎赴京奏聞，再行面試。如是真才實學，不待選舉，即時録用。

爲學之道，自當尊敬先生。凡有疑問及聽講説，皆須誠心聽受。若先生講解未明，亦當從容再問，毋恃己長，妄行辯難，或置之不問。有如此者，終世不成。

爲師長者，當體先賢之道，竭忠教訓以導愚蒙，勤考其課，撫善懲惡，毋致懈惰。

提調正官，務在常加考較，其有敦厚勤敏，撫

以進學，懈怠不律，愚頑狡詐，以罪斥去，使在學者皆爲良善，斯爲稱職矣。

在野賢人、君子，果能練達治體，敷陳王道，有關政體得失，軍民利病者，許赴所在有司，告給文引，親齎赴京面奏。如果可采，即便施行，不許坐家，實封入遞。

民間凡有冤抑干於自己及官吏賣富差貧、重科厚斂、巧取民財等事，許受害之人，將實情自下而上陳告，毋得越訴；非干自己者，不許及假以建言爲由，坐家實封者，前件如已依法陳告，當該

府州縣布政司、按察司不爲受理及聽斷不公，仍前冤枉者，方許赴京伸訴。

江西、兩浙、江東人民，多有事不干己，代人陳告者。今後如有此等之人，治以重罪；若果鄰近親戚、人民全家被人殘害，無人伸訴者方許。

各處斷發充軍及安置人數，不許建言，其所管衛所官員，毋得容許。

若十惡之事，有干朝政實迹可驗者，許諸人密竊赴京面奏。

前件事理，仰一一講解遵守，如有不遵，并以違制論。欽奉敕旨：榜文到日，所在有司即便命匠置立卧碑，依式鎸勒於石，永爲遵守。

御製敬一箴并序

夫敬者，存其心而不忽之謂也。元后敬則不失天下，諸侯敬則不失其國，卿大夫敬則不失其家，士庶人敬則不失其身。禹曰：「后克艱厥后，臣克艱厥臣。」《五子之歌》有云：「予臨兆民，如朽索之馭六馬。」爲人上者，奈何不敬？其推廣敬之一言，可謂明矣。一者，純乎理而無雜之謂也。伊尹曰：德惟一，動罔不吉；德二三，動罔不凶。其推廣一之一言，可謂明矣。蓋位爲元后，受天付托，承天明命，作萬方之君，一言一動，一政一令，實理亂安危之所繫。若此心忽而不敬，則此德豈能純而不雜哉？故必兢懷畏慎於郊禋之時，［注一］儼神明之鑒享，發政臨民，端莊戒謹，惟恐拂於人情。至於獨處之時，思我之咎，何如改之不吝；思我之德，何如勉而不懈。凡諸事至物來究，夫至理惟敬是持，惟一是協，所以盡爲天之子之職，［注二］庶不忝厥祖厥親。

［注一］「故必兢懷」，《明世宗寶訓》卷三（以下簡稱《寶訓》）作「故必戰懷」。

［注二］「天之子之職」，《寶訓》作「天子之職」。

由是九族親之，黎民懷之，仁澤覃及於四海矣。朕以沖人纘承丕緒，自量德惟寡昧，〔注一〕勉而行之，欲盡持敬之功，以馴致乎一德。其先務又在虛心寡欲，驅除邪逸，信任耆德，爲之匡輔，數求善人，〔注二〕布列庶位。斯可行純王之道，以坐致太平雍熙之至治也。朕因讀書而有得焉，乃述以此自勖云。〔注三〕

人有此心，〔注四〕萬理咸具。體而行之，惟德是據。敬焉一焉，所當先務。匪一弗純，匪敬弗聚。元后奉天，長此萬夫。發政施仁，期保鴻圖。敬怠純駁，應驗頓殊。徵諸天人，如鼓答桴。朕荷天眷，爲民之主。德或不類，以爲大懼。惟敬惟一，執之甚固。畏天勤民，不遑寧處。曰敬惟何，怠荒必除。郊則恭誠，廟嚴孝趨。肅於明廷，懼於間居。〔注五〕省躬察咎，儆戒無虞。曰一惟何，純乎天理。弗參以三，或貳以二。〔注六〕行顧其言，終如其始。靜虛無欲，日新不已。聖賢法言，備見諸經。我其究之，擇善必精。左右輔弼，貴乎忠貞。〔注七〕我其任之，鑒別必明。斯之謂一，斯之謂敬。君德既修，〔注八〕萬邦則正。天親

〔注一〕「自量德」，《寶訓》作「自諒德」。

〔注二〕「數求善人」，《寶訓》作「敷求善人」。

〔注三〕「乃述以此自勖云」，《寶訓》作「述此以自勖云」。

〔注四〕「人有此心」前，《寶訓》卷三有「箴曰」二字。

〔注五〕「懼於間居」，《寶訓》作「慎於閒居」。

〔注六〕「或貳以二」，《寶訓》作「弗貳以二」。

〔注七〕「貴乎忠貞」，《寶訓》作「貴於忠貞」。

〔注八〕「君德既修」，《寶訓》作「君敬既修」。

民懷，永延厥慶。光前垂後，綿衍蕃盛。咨爾諸侯，卿與大夫。以至士庶，一遵斯謨。主敬協一，罔敢或渝。以保禄位，以完其軀。古有盤銘，目接心警。湯敬日躋，一德受命。朕爲斯箴，拳拳希聖。庶幾湯孫，底於嘉靖。

嘉靖五年六月二十一日

御注心箴

茫茫堪輿，〔注一〕俯仰無垠。人於其間，眇然有身。是身之微，太倉稊米。參爲三才，曰惟心耳。往古來今，孰無此心。心爲形役，乃獸乃禽。惟口耳目，手足動静。投間抵隙，爲厥心病。一心之微，衆欲攻之。其與存者，嗚呼幾希。君子存誠，克念克敬。天君泰然，百體從令。

堪輿是指天地説，無垠是無有界限。宋儒范氏浚作《心箴説》：道茫茫然，天地廣大，無有界限。而人居其中，便是太倉中一粒粟米。天地這般大，人身這般小，人與天地，參爲三才者，〔注二〕非以形體而言，惟其心耳。蓋心爲一身之主，吾心克正，則百體四肢莫不聽其使令；若心有一毫不正，則被聲色所移，物欲所攻，便動與理

〔注一〕「茫茫堪輿」前，《明世宗寶訓》卷三（以下簡稱《寶訓》）有「一心箴」三字。

〔注二〕「者」，原作「有」，據《寶訓》作改。

反，豈不於人道危哉？〔注一〕故范氏之作箴，雖是常言，西山真氏時録於《大學衍義》之中，〔注二〕以獻時君。宋君雖未能體察，而爲後世告其致意也，深其用功也。至是予所嘉慕而味念之。箴之作，本於范氏，非真西山發揚，其孰能之哉！嗚呼，念哉。

御注視聽言動四箴

心兮本虛，〔注三〕應物無迹。操之有要，視爲之則。蔽交於前，其中則遷。制之於外，以安其內。克己復禮，久而誠矣。

《視聽言動四箴》者，乃宋儒程頤之所作也。程氏説，人之生也，其性本善，後被物欲交攻，而此性始有不善。視聽言動四者，或不能中此，乃受病之處，居中而制乎萬事者心也。心之所接，必由視聽得之。〔注四〕視聽之不明不聽，〔注五〕則言動皆違夫理，然視居其首焉。程子説凡人於視，〔注六〕無不被那諸般物色所蔽，惟中心安之。凡視無不明，勿使外物蕩其中，常使中制於外可也。《書》云：「視遠惟明。」即此意也。要操存之在吾心，無有遠邇，視之如一。〔注七〕辨

〔注一〕「豈不於人道危哉」，《明世宗寶訓》卷三（以下簡稱《寶訓》）作「豈不於人道遠哉」。

〔注二〕原稿「時録」，《寶訓》作「特録」。

〔注三〕「心兮本虛」前，《寶訓》有「一視箴」三字。

〔注四〕「必」字，據《寶訓》補。「得之」，《寶訓》一作「德之」。

〔注五〕「視聽之不明不聽」，《寶訓》作「不明不聽」。

〔注六〕「程子」，《寶訓》作「程氏」。

〔注七〕「常使中制」至「視之如一」一段，原稿漫漶不清，據《寶訓》補。

其是非，觀其善惡，以吾心之正爲較察，然後可免於昏亂之失矣。朕惟人皆以視爲明，而人君所視者尤爲要焉。果以此爲則，深爲益也。凡觀其邪正，辨其賢否，不爲奸巧之所惑，庶幾忠與不肖，不得并進，用舍不至於倒置矣。嗚呼！察之。

人有秉彝，［注一］本乎天性。知誘物化，遂亡其正。卓彼先覺，知止有定。閑邪存誠，［注二］非禮勿聽。

此程子言聽之要，説道視聽，乃爲出言之機，一或有差，患必至矣。前言視之之道，此言聽之之道。夫人之於視，或能察之，然又恐聽之未善也。目視之既善，耳聽者須盡其善可也。耳目之間，視聽之際，均爲要焉。若聽之不審，則無以知其是非。故聽言之際，當分別其邪正，勿使甘佞之言從入其心。心既受之，必爲誘惑。《書》云：「聽德惟聰。」即此意也。蓋人生之於天，具耳目口鼻之體。口之與鼻，無所禁者，惟耳目爲重，故以視聽爲戒。朕論之曰：口與鼻之無所禁，乃彼知之自然也。耳目之於視聽，乃彼之不能先覺者也。如口之嗜味，知其甘辛酸苦，嘗之自能別也。鼻之

［注一］「人有秉彝」前，《明世宗寶訓》卷三有「一聽箴」三字。

［注二］「閑邪存誠」，《明世宗寶訓》卷三作「閑邪存誠」。

臭物，知其好惡，嗅之自能擇也。目之於色，則愛其艷麗，耳之於聲，則愛其音律，殊不知艷麗、音律皆人爲之也，所以反受其害。口鼻覺，故賢之於耳目也。故程氏箴云：「卓彼先覺，知止有定。」謂既能卓然先覺，則自有定向。而人君之聽，尤當審辨之也。《書》云：「無稽之言勿聽。」又云：「庶頑讒説，震驚朕師。」此皆聽德之要也。人君於聽納之間，當辨其忠讒而已。忠言逆耳，近於違我；讒言可信，近於遜我。不能審擇其患，豈淺淺哉！但使吾心泰定，不爲諂佞之徒以惑，則所納者未必不可，所屏者未必不當，惟吾心審斷之而已。嗚呼！審之。

人心之動，〔注一〕因言以宣。發禁躁妄，内斯靜專。矧是樞機，興戎出好。吉凶榮辱，惟其所召。傷易則誕，傷煩則支。已肆物忤，出悖來違。非法不道，欽哉訓辭。

樞機者，譬户之軸、弩之牙也。戎是兵戎，好是喜好。程子之意説，凡人所言，必謹其妄出輕發，如弩之發矢，度而思之，務求其中焉。言易則至於狂誕，言煩不免於支離。非聖賢之法言，不

〔注一〕「人心之動」前，《明世宗寶訓》卷三有「一言箴」三字。

敢道之於口，所以告來世之君子也。朕因而論之曰：凡人所言，必求其合諸道理，準諸經傳，然後可以爲言也，夫言以文身也。《書》云：「惟口起羞。」《大學》云：「言悖而出者，亦悖而入。」《孝經》云：「非先王之法言，不敢道。」斯之謂也。人之於言，必加謹焉。而人君之言，尤當謹之。先儒云：王言如絲，其出如綸；王言如綸，其出如綍。人君之發號施令皆言也，令出之善則四海從焉，一或不善則四海違焉。故凡出一言，發一令，皆當合於天理之公，因

諸人情之所向背。若或徒用己之聰明，恃其尊大，肆意信口，不論事理之得失，民情之好惡，小則遺當時之患，大則致千百年之禍，可不戒畏之哉！程子之作箴，其用心至矣。嗚呼！謹之。

哲人知幾，[注一]誠之於思。志士勵行，守之於爲。順理則裕，從欲惟危。造次克念，戰兢自持。習與性成，聖賢同歸。

哲人是明哲之人，志士是有德行之士。誠是念之，實守是行之篤。理即天理，欲即人欲。程子説，凡人所動作，便不可輕舉妄動。當審事

[注一]「哲人知幾」前，《明世宗寶訓》卷三有「一動箴」三字。

機可否之何如，〔注一〕天理人欲之所在，思其事之巨細，爲其所當爲，然後動與道合，無有墜失狂躁之病。戰競惕勵如此者，惟哲人乃能之，君子可不謹之哉！朕因而論曰：凡人所動，爲當求合乎道理，察其當爲，與其所不當爲，精別而行之可也。而人君之所動，尤爲重焉。蓋君者以一身而宰萬事，不可適己之欲，與夫聽信讒佞，輕舉妄動，或恃中國之强而好征伐，或盤游無度而殘害百姓。〔注二〕凡此類者，不可枚舉，姑舉其大者言之，〔注三〕一舉動之間，上違天意，下拂民心，而敗亡之禍隨之，是非可不畏懼也哉！〔注四〕程氏之作箴，其用心也至矣。嗚呼！畏之。

斯四箴者，作之在於程頤，以斯四箴而致其君者，乃吾輔臣張璁也。頤之作箴，其見道之如此，而動與禮合宜。朕未之言，君子必知矣。〔注五〕夫今璁以此言而告朕，與夫昔議禮之持正，可謂允蹈之哉！朕罔聞於學，特因是而注釋其義，於以嘉璁之忠愛，於以示君子之人。嗚呼！箴之功宜，不在程氏而在於璁也哉！用録此於

〔注一〕「何如」，《明世宗寶訓》卷三作「如何」。

〔注二〕「殘害百姓」，《明世宗寶訓》卷三作「殘虐百姓」。

〔注三〕「姑舉」，《明世宗寶訓》卷三作「姑說」。

〔注四〕「是非」，《明世宗寶訓》卷三作「是可」。

〔注五〕「朕未之言，君子必知矣」，《明世宗寶訓》卷一作「朕未之宜，君子必如矣」。

末云耳。

嘉靖丁亥歲季冬越三日注

良鄉縣

儒學，在縣治東南。社學，萬曆十八年知縣余鏜創建六處。美化社，在東門裏。厚俗社，在小南關。燕谷社，在本店。舊店社，在本店。交道社，在本村。官莊社。在本莊。

固安縣

儒學。在縣治東北，教諭郁珍疏請重建。詳修學記。

香河縣

儒學，在縣治東。文廟，逼近街市。萬曆二十一年知縣陳增美改夫子殿進一殿位，改明倫堂進一堂位，改敬一亭列與啓聖祠，并東西兩廡，左右兩齋，各改進而之名宦鄉賢泮池，前未之有，皆創爲之，凡諸門墻，煥然改觀矣。

通州

儒學，在州西。通惠書院，在儒學西南，嘉靖己酉，巡按御史阮鶚建。

三河縣

儒學，舊在白河西十七里家莊南里。舊即□。洪武初，因水患遷於縣治東北隅，即元帥府家廟也。嘉靖十六年，知縣趙公輔改遷於縣治之南，本縣耆民張璟捐地一區。隆慶三年，巡撫楊兆委官修築磚城，因重建。

文廟，璟孫允中，又捐地一段，萬曆二年知縣李賁遷明倫堂於文廟之西北。萬曆九年，知縣宋蘭增修，視昔壯麗。萬曆二十年，知縣陶允光於戟門前修泮池一區，益煥然可觀矣。

社學。在文廟西南。

漷縣

儒學。舊在河西務。洪武四年，遷於今縣治之西隅。

寶坻縣

儒學。在縣治東北。

順義縣

儒學。在縣治西南。創自金、元。

密雲縣

儒學，舊城鼓樓東。武學，舊城文學西。文昌藝苑，新城東門外北。密雲後衛學，成化二十二年，生員祝昭奏建。密雲後衛書院。原建於古北口東門外。虜犯，改建城內。

涿州

儒學。在州治。大元天曆二年建。

房山縣

儒學，在縣東南儒林坊。創於元。至隆慶庚

午歲司禮太監王禄捐金二千餘兩修之，制度恢弘，規模焕然矣。

霸　州

儒學，在州治東。元初建。國朝洪武庚戌，知州馬從隆撤而大之。社學四處。一在城隍廟東，一在東嶽廟前，一在州治前，一在儒學東。俱今廢。

大城縣

儒學，在縣西。元永兵毁。國朝洪武間，縣丞王鑾重建。社學。舊在學西。今廢。

薊　州

儒學，在州西北。自唐以來亦既有址。金天會間崇其堂宇。元至順間、至元間，知州繼修葺。至正間，益增大之。國朝洪武初，重建。

社學十三處。

玉田縣

儒學。金乾統年建於縣西南。國朝洪武初重建。嘉靖十一年，移於西關廂舊大覺寺。二十九年，督學御史阮鶚移於城内舊玉陽觀。萬曆六年，知縣胡兆麒、教諭思周移建文廟於縣西。

豐潤縣

儒學，在縣東南。金大定二十七年建。元至元年，[注一]明朝洪武初重建。養賢倉，三楹，在堂西。嘉靖二十八年，縣令時鳳建。歲徵夏麥一百五十石，秋糧二百五十石，鹽運司折糧黑鹽課銀四十三兩五錢。自成化年，鹽院據五圖廩膳生題準，協濟儒府生生俸廩，永爲定額。社學。在文學東。

平谷縣

儒學。在縣治南。建於元至元間。國朝成化五年，知縣郭銘重修。嘉靖二年，清軍御史熊榮、巡撫都御史孟春、總兵馬永、參將吕昌各助物料，兵備副使熊相、督署印縣丞宋澄，增拓修理，輪焕視昔加美焉。歲久漸圮。嘉靖四十年，御史秦嘉揖以屯田按縣謁廟，乃移文所治，出其帑所羸以助傭費。知縣任彬卜日鳩

[注一]「元至元年」，原本前「元」字重文，《豐潤縣志》載：「元至元十二年構大成殿，延祐五年增建兩廡。」又引張晶《創建文廟兩廡碑》述其事。據此，刪衍一「元」字。

工，又捐俸市材。於是，舉邑向風，慕義富效，財貧出力，不期月而告成。殿廡堂齋，焕然一新。戟門外鑿泮池，甃磚橋。其外横衢竪二坊，東曰興賢，西曰育才。爲一邑之偉觀矣。

保定縣

儒學。在縣治東。洪武十五年，知縣徐仲謙建。景泰三年知縣王鐩、弘治十二年知縣王大輅、嘉靖十五年知縣冉崇儒，俱重修。

永清縣

儒學。舊在縣治南。壽昌元年，前遼里軍都押司官蕭薩八建。洪武六年，知縣盛本初修。永樂六年，知縣王居敬復葺。成化四年，被河水傾倒，教諭馬文、生員趙亮等奏準，遷於縣治南。知縣許健創修。

遵化縣

儒學。設自金正隆三年，萬曆二十一年重修。

昌平州

儒學。在州治東。原元時昌平縣學。正德三年升州學。

東安縣

儒學。洪武三年建。隆慶五年，知縣王邦直重修啓聖祠、東西兩廡。

懷柔縣

儒學。在縣治東。成化庚寅重修。〔注一〕修撰王華撰記。

文安縣

儒學。在縣治西。〔注二〕宋大觀八年創建，元皇慶元年重建本廟，歷年重修。

壇社

粤稽上世，報本返始，所謂明則有禮樂，幽則有鬼神，槀結之設，太羹之用，玄酒明水之尚，鑾刀之貴，此禮有以本爲貴者也。顧一念誠則天地

〔注一〕「在縣治東，成化庚寅重修」，原本脱「東」，《大明一統志》卷一《學校》載：「縣學，在縣治東。洪武十五年建，正統五年重修。」據補。又「成化庚寅重修」，《懷柔縣志》載：「縣學明倫堂，成化庚寅教諭餘姚趙顒所構。」據此，成化庚寅所構爲明倫堂，非縣學。

〔注二〕「在縣治西」，原本脱，體例不合，據《大明

可格，鬼神可饗，時厲不行，民人泰。司祀者，能無惕然齋遬乎！

順天府

天壇，地壇，社稷壇，朝日壇，方澤，夕月壇，旗纛，圓丘。

大興、宛平二縣附。

良鄉縣

社稷壇，（在縣西北一里。）風雲雷雨山川壇，（在縣南關。）邑厲壇，（在縣北一里。）城隍廟，（在縣治北。）馬神廟，（縣治西北。）旗纛廟，（守備廳西。）洪公祠，（在東關。）王公祠。（在南關。）

固安縣

社稷壇，（在縣西北一里許。）風雲雷雨山川壇，（在城南一里許。）邑厲壇，（在城北一里許。）城隍廟，（在縣治北。）馬神廟，（在東街。）漢關侯廟，（在西街。金明昌間建，元延祐三年重修。弘治五年重修，嘉靖四十二年重修。）八蠟廟，（在城隍廟西。）義冢。（城北關外。）

永清縣

社稷壇，風雲雷雨山川壇，邑厲壇，城隍廟。

東安縣

社稷壇，風雲雷雨山川壇，邑厲壇，城隍廟。

香河縣

社稷壇，風雲雷雨山川壇，邑厲壇，城隍廟，馬神廟。

通州

社稷壇，風雲雷雨山川壇，郡厲壇，城隍廟。

寶坻縣

社稷壇，在縣西北一里。風雲雷雨山川壇，在縣南门外。邑厲壇，在縣北門外半里許。鄉厲壇，每里一所。城隍廟，在縣西北。馬神廟，在太僕寺東。八蜡廟，在縣東門外。土地廟，在縣治内。去思祠，在仁賢坊。鄉人爲武進莊公、寧夏楚公、館陶武公、富平孫公創建。三烈祠。在縣治東北。

三河縣

社稷壇，風雲雷雨山川壇，邑厲壇，城隍廟。

武清縣

社稷壇，風雲雷雨山川壇，邑厲壇，城隍廟。

漷縣

社稷壇，風雲雷雨山川壇，邑厲壇，城隍廟。

昌平州

社稷壇，風雲雷雨山川壇，郡厲壇，城隍廟。

順義縣

社稷壇、風雲雷雨山川壇、邑厲壇、城隍廟。

密雲縣

社稷壇，舊城東北。風雲雷雨壇，舊城東南。邑厲壇，西門外。武廟，（即旗纛廟。）馬神廟，（縣東門外。）功德祠，（新城東門外。萬曆四年建，祀總督楊公博等。）楊令公祠。（古北口。宋楊業數拒遼有功，後祠化之。）

懷柔縣

社稷壇，風雲雷雨山川壇，郡厲壇，城隍廟。

涿州

社稷壇，風雲雷雨山川壇，郡厲壇，城隍廟。

房山縣

社稷壇，（在縣郭西北。）風雲雷雨山川壇，（在南郭外。）郡厲壇，（在北郭外。）城隍廟，（在縣西北隅。）馬神廟，（在縣治西北。）虞舜廟。（在縣西南五十里。）藥王廟。（在縣西南五十里。）

霸州

社稷壇，（在柳行街西。）山川壇，（在州南關。）郡厲壇，（在柳行街東。）漏澤園，（在城東一里許。）城隍廟，（在東嶽廟西。）八蜡廟，（在新街口北。）馬神廟。（在州治西北。）

文安縣

社稷壇，風雲雷雨山川壇，邑厲壇，城隍廟。

大城縣

社稷壇，（在安阜門外。）風雲雷雨山川壇，（在明遠門外。）城隍廟，（在縣西北。）邑厲壇，（在恩門外。）馬神廟，（在分司右。）八蜡廟，（在城外。）周尚父廟，（在子牙村釣臺上。）漏澤園。（在邑厲壇北。）

保定縣

社稷壇，風雲雷雨山川壇，邑厲壇，城隍廟。

薊州

山川社稷壇，在城西北二里。風雲雷雨壇，在城東南三里。郡厲壇，在城北三里。鄉厲壇，醫無閭山碑亭。

玉田縣

社稷壇，在城西北三里。風雲雷雨壇，在城東南三里。邑厲壇，在城北三里。城隍廟，在縣西。武成王廟，在縣東。馬神廟，在縣東南。八蜡廟。在縣西南一里。

豐潤縣

社稷壇，風雲雷雨壇，邑厲壇，城隍廟，在縣西北。

東嶽行祠，凡四處。泰山行祠，在城西。壽亭侯廟，在縣十字街閣上。藥王廟。在城南關。

遵化縣

社稷壇，風雲雷雨山川壇，邑厲壇，城隍廟。

平谷縣

社稷壇，在城外，正北。風雲雷雨山川壇，在城外東南。邑厲壇，在城外，正北。軒轅黃帝廟，在縣北漁子山上。城隍廟，在縣治北。崔君府廟，在縣東北。馬神廟。在縣治西，今廢。

郵舍

國家計里道之役，驛以繞其費，郵以惜其勞，重民力也。方今凋瘵，幾遍域中，而北都尤甚。奔走之煩，人疲費縮，亦北都尤甚。爲民上者，朝吾施而暮幾及天下，一旦出麾建節行千里，若家食然。己亨其逸，人任其勞，樽節之方，不容秦越已也。

大興縣

縣前鋪，正陽鋪，朝陽鋪，西流鋪，安定鋪，紅門鋪，下馬鋪，剪莊鋪，曹村鋪，青閭鋪。

宛平縣

縣前鋪，施仁鋪，彰義鋪，義井鋪，盧溝橋鋪，新店鋪，高店鋪，田家莊鋪，黄岱鋪，石碑鋪，雙綫鋪，胡渠鋪。

良鄉縣

固節驛，在縣治南。遞運所，在驛西。坊市鋪，長陽鋪，重義鋪，舊店鋪，燕谷鋪。

固安縣

急遞總鋪，在縣治前，北嚮。柳泉鋪，在縣南十八里。麟塌鋪，在縣南四十里。東玉鋪。在縣北十里。

通州

州前鋪，在州治東。召里店鋪，在州城東一十里。東留村鋪，在州城西十里。大黄莊鋪，在州城西二十里。高麗莊鋪，在州城西南一十里。潞河水馬驛，在舊城東關。和合驛，在州城東南三十五里。遞運所。在舊城東關潞河驛西。

三河縣

三河驛，在縣南關。遞運所，在驛西。泥漥鋪巡檢司，今改移夏店。五槐館，在縣西夏店。急遞總鋪，在縣南關。錯橋急遞鋪，在縣東五里。石牌急遞鋪，在縣東十里。段家嶺急遞鋪，在縣東二十里。白浮圖急遞鋪，在縣西十里。泥窪急遞鋪，在縣西二十里。夏店急遞鋪，在縣西三十里。馬已乏急遞鋪，在縣西四十里。烟郊急遞鋪。在縣西五十里。

武清縣

河西水驛，縣治東北三十里。楊村驛，縣南五十里。楊青驛，楊青遞運所，俱去縣一百五十里。嘉靖十九年，改遷天津衛。今屬河間府靜海縣。在城總鋪，在縣治南。河西務鋪，在縣東北三十里。三家茅店鋪，在縣東南三十五里。新莊鋪，在縣西南八里。馬百户屯鋪，在縣西南十五里。漷水鋪。在縣北二十里。

漷縣

縣前鋪，在縣治南。宋家鋪，在縣北一十里。黄場鋪，在縣南一十里。得仁務鋪，在縣南二十五里。三垈鋪，在縣南三十里。兩家店鋪，在縣東十二里。以上鋪送公文。長陵營堤鋪，馬頭店堤鋪，白浮圈堤鋪，曹家莊堤鋪。以上鋪防守運河，係工部修。

寶坻縣

總鋪，在縣治東。朱家莊鋪，在縣西一十里。崔家莊鋪，在縣西二十里。

昌平州

榆河驛，舊在榆河店，去州治三十五里，爲軍驛。嘉靖三十六年，改設本州新城内大街西巷。州前鋪，長坡鋪，南口鋪，雙塔鋪，皂角鋪，榆河鋪，清河鋪，唐家嶺鋪。

順義縣

順義驛，在西察院東。縣前鋪，向陽鋪，牛欄山鋪，牛家莊鋪，内正鋪，孫後鋪，渠河鋪，高麗營鋪。

密雲縣

密雲驛，舊城南門外。石匣驛，石匣城。縣前總鋪，縣南關内。塔院鋪，縣西十里。八里鋪，縣東八里。神仙鋪，縣北二十五里。星莊鋪，縣北二十五里。陳家莊鋪，縣北五十里。青陽鋪，縣北七十五里。高嶺鋪，縣東十里。八

王店鋪，縣東北九十里。古北口鋪。縣東北一百三十里。

涿州

涿鹿驛。後漢昭烈及關、張結義於此，故名。

房山縣

急遞鋪，在縣治西。挾河鋪，在挾河村。接官亭。在趙家莊，知縣陳庭訓建。

霸州

大良驛，在城東八十里，今革。急遞總鋪，在州治東，今廢。十里鋪，在城北。南孟鋪，在城北十八里南孟店。〔注一〕莫金鋪，在南十里口頭村。蘇家淺鋪，在城東南一百二十里。〔注二〕

〔注一〕「南孟」、「十八里南孟店」，原本漫漶不清，據嘉靖《霸州志》卷之二《鋪舍》補。

〔注二〕原本「淺鋪」、「一百二十里」漫漶不清，并據嘉靖《霸州志》卷之二《鋪舍》補。

〔注一〕「豐家」兩字，原文漫漶不清，據康熙《順天府志》卷三《建置·郵舍·薊州》補。

大城縣

總鋪，在縣南，今廢。鄧家鋪，在縣西北。趙扶鋪。在縣東南。

薊州

漁陽驛，總鋪，在文化街。黃土坡鋪，州東十里。逯山鋪，馬伸橋鋪，州東三十里。臨河鋪，州東四十里。八里鋪，州南十里。豐家橋鋪，〔注一〕州南二十里。別山鋪，州西四十里。十里鋪，州西。大柳樹鋪，州西二十里。邦均鋪，白澗鋪。州西四十里。

玉田縣

陽樊驛，舊在城西二十里。嘉靖二年巡撫孟春、巡按郭楠將永濟驛奏革，將馬驢夫役照□遠近，分撥陽樊、義豐、漁陽三驛，仍遷驛於縣之西關。

坊市鋪，縣南。韓家鋪，縣東八里。拘榆鋪，縣西八里。石河鋪，縣西四十里。

兩家店鋪，縣東二十里。雙橋鋪，縣東四十里。采亭鋪，縣西二十里。孤樹鋪。縣西三十里。

豐潤縣

總鋪，在縣東。垠城鋪，縣東十里。板橋鋪，在縣東二十里。鐵城鋪，在縣東三十里。七里鋪，在縣西十里。高麗鋪，在縣西十五里。閻家鋪，在縣西三十里。沙流河鋪，在縣西四十里。梁家務鋪，縣西北二十里。党峪鋪，縣西北五十里。義豐驛，在縣東三十里。東關遞運所。在縣東。

平谷縣

在城總鋪，在縣治南，今廢。高村鋪，在縣治南，今廢。新店鋪，縣南十里。下箭務鋪。在縣北二十里。

遵化縣

總鋪，鐵山鋪，大柳樹鋪，沙河鋪，石門鋪，桃山鋪，義井鋪。

永清縣

總鋪。

香河縣

總鋪。在察院前，儒學後。

東安縣

總鋪。

保定縣

總鋪。在縣前，即急遞鋪。柏木橋鋪。在縣南二十里，於洪武十四年，知縣徐仲謙創建。

懷柔縣

總鋪，原設古北口驛，坐落密雲後衛。嘉靖十年裁革。萬曆二十一年，召募槽頭十二名，應付往來使客。

文安縣

總鋪。在縣治前。萬曆七年知縣王湘建。

寺觀

夫佛老何裨於道哉？异端之勝，世教之衰也。都城之内，爲地幾何？而象教琳宮，迨居其半。紺宇摩雲，擬於甲第，高竿長旛，簇如蝟毛，緇流髡徒，等於編户，寶燿佛燈，燦如晨星。即今大帑告匱，不啻饑渴，而二氏之糜費，動以萬數。有國事之慮者，能無怏怏於衷耶？

大興縣

玄寧觀，南薰坊。有敕建碑。成壽寺、有敕建碑。玄極觀，俱澄清坊。境靈寺、隆福寺、有敕建碑。仰山寺，俱仁壽坊。法華寺、有敕建碑。延禧寺、有敕建碑。迎禧觀，有敕建碑。俱明照坊。真武廟，有敕建碑，保代坊。觀音寺、有敕建碑。報恩寺、有敕建碑。千佛寺、萬善寺，俱北居賢坊。慧照寺、有敕建碑。福安寺、有敕建碑。正覺寺、有敕建碑。承恩寺、有敕建碑。洞陽觀觀音寺，俱南居賢坊。延祐觀、有敕建碑。大慈延福宮，有敕建碑，俱思城坊。東嶽廟、有敕建碑，并趙子昂真迹墨碑。通法寺、有敕建碑。觀音閣、常慶寺、有敕建碑。靈惠

寺、有敕建碑。隆壽寺、有敕建碑。海惠寺，有敕建碑，俱朝陽關。清恭寺、有敕建碑。智化寺、維摩庵，有敕建碑，俱黃華坊。般若庵、有敕建碑。呂公祠，俱明時坊。靈應寺、有敕建碑。慈慧寺、最勝寺、有敕建碑。廣濟寺，俱鄭村壩。延壽寺、有敕建碑。萬善寺，俱正西坊。崇真觀、有敕建碑。明教寺、有敕建碑。清化寺、有敕建碑。天慶寺，有敕建碑。俱正東坊。崇福寺、有敕建碑。保安寺，俱正南坊。圓通寺、玉虛觀、有敕建碑。廣惠寺，有敕建碑。俱宣北坊。大悲寺、有敕建碑。妙音寺、安化寺，有敕建碑。俱崇南坊。白馬寺、有敕建碑。碧霞元君，俱宣南坊。普陀寺、有敕建碑。崇恩觀、隆安寺、有敕建碑。金山寺，有敕建碑。俱崇北坊。關王廟、有敕建碑。圓恩寺，俱昭回坊。福祥寺、有敕建碑。顯祐宮、有敕建碑。梓童帝君廟、有敕建碑。慈善寺，俱靖恭坊。法

通寺、吉祥寺、净寺，俱金臺坊。極樂寺、有敕建碑。天仙庵，俱崇教北坊。開元寺。有敕建碑。崇教南坊。

宛平縣

大隆善寺、有敕建碑。萬善寺、有敕建碑。弘善寺，有敕建碑。俱發祥坊。碧峰寺、有敕建碑。龍華寺、有敕建碑。興德寺、有敕建碑。萬壽寺、海藏寺、天壽萬寧寺、慈善寺、廣化寺、有敕建碑。廣濟寺，俱日忠坊。嘉興寺，積慶坊。普恩寺，安富坊。觀音寺，大時雍坊。雙塔寺，小時雍坊。瑞雲寺、慈恩寺、彌陀寺、萬寧寺、佑聖寺、延壽寺、永泰寺、永祥寺、青塔寺、有敕建碑。弘慶寺，俱日中坊。有敕建碑。普濟寺、普慶寺、大能仁寺、石佛寺、崇善寺，俱鳴玉坊。鷲峰寺、正法寺、有敕建碑。寶禪寺、有敕建碑。普安寺、妙應寺、有敕建碑。祝壽寺，俱河漕西坊。承恩寺、有敕建碑。護國寺、真如寺，俱阜財坊。衍法寺、有敕建碑。寶塔寺，有敕建碑。俱平則關。廣通寺，高郎橋。廣隆寺，西直門外。地藏寺，西直門外。福寧寺，香山鄉。圓廣寺、有敕建碑。西域寺，有敕建碑。俱平則關。廣福寺，四里園。普慶寺，有敕建碑。平則關。鎮國寺、有敕建碑。洪慶寺、有敕建碑。極樂寺、真覺寺，俱白石橋。萬壽寺，有敕建碑。永壽寺、保恩寺、永禧寺、慈壽寺，八里莊。弘教普安寺，白紙坊。真空寺、資福寺、洪法寺、天寧寺，俱白紙坊。雲惠寺、延恩寺、圓通寺、已上俱有敕建碑。圓覺寺，在達官村。靈福寺、昭化禪寺、華嚴寺、保明寺、壽安寺、功德寺、普陀寺、金山禪寺、王華寺、隆教寺、興善寺、已上俱有敕建碑。接待寺，在盧溝橋。證果寺，在上下莊。延壽寺，在魯谷村。永年寺，在魯谷村。香山永安禪寺、靖安寺、佑善寺、已上俱有敕建碑。壽隆寺，在七里屯。奉福寺，在栗園。永安寺、有敕建碑。大慧寺，在畏吾村。萬壽戒壇寺、有敕建碑。大覺寺、隆恩寺、秀峰寺、西峰寺、有勑建碑。廣慧寺，在獅山下。萬佛寺、净德寺、福昌寺、常覺寺、寶林寺、净明寺、圓照寺、弘恩寺、潭柘寺、已上俱有敕建碑。清凉寺、開華寺、古刹龍華寺、隆興寺、龍華寺、龍岩寺、勝泉寺、瑞雲寺、雙林寺，已上俱離城百里。德勝庵、太平庵、崇寧庵，俱日忠坊。松樹觀音庵、常明庵、龍華庵，俱鳴玉坊。三元庵、地藏庵，俱金城坊。龍泉庵，鳴玉坊。華嚴寺、彌陀庵、佑聖庵、延壽庵，俱日忠坊。萬壽庵、碧雲庵、廣慧庵、玉環庵、極樂庵、古赤脚李庵、龍泉庵、龍鳳庵、朝天宮、靈濟宮、顯靈宮，俱鳴玉坊。昭應宮、永壽宮、混元宮，俱離城三里。清虛觀、廣福觀，敕建。俱日忠坊。白雲觀，白紙坊。太清觀、通仙觀，俱離城二百里。玉皇廟，發祥坊。五顯禪林廟、張老相公廟，俱大時雍坊。三官廟、三清廟，有敕建碑。俱日忠坊。龍王廟，阜財坊。真武廟，大時雍坊。天仙廟，日忠坊。三義廟、城隍廟、延福廟、藥王廟，俱日忠坊。東嶽廟，在西岱村。文昌祠，阜財坊。褒忠祠，有敕建碑。世忠祠。有敕建碑。

良鄉縣

天王寺、關王廟，俱在縣治東南。火神廟，在東關。真定廟，在縣治東南。三官廟，一在東門外，一在大南岡關。玉皇廟，在東關。三義廟，在東門外。東嶽廟，一在福興村，一在舊店。法相寺，在燎石岡。崇教寺，在立教村。洪業寺，一在丁家莊，一在北趙村。净業寺，在祖村。寶善寺，在福興寺。高麗寺，在十三里。興龍寺，在南黎苑。華嚴寺，在交道村。護國寺，〔注一〕在琉璃店。通法寺，在南白村。報國寺，在高舍村。清凉寺，在舊店。龍泉寺，在公村。鎮江寺，在修村。石佛寺，在燕谷店。〔注二〕寶光寺，在江村。寧廣寺，在葫蘆垡。法會寺，在寶歌莊。崇興寺，〔注三〕在興禮村。廣教寺，在南落村。静禪寺，在北落村。寶安寺，在張謝村。〔注四〕普通寺，在馬村。董林寺，在董家林。夏禪寺，在夏禪坊。安化寺，在白露村。廣會寺，在老君堂。靈椿庵，在七里店。伏龍庵。在辛莊。

固安縣

觀音寺、興國寺、寧國寺、法華寺、隆興寺、西佛寺、龍泉寺、興福寺、廣嚴寺、慶圓寺、崇勝寺，已上俱在縣東。洪恩寺、千佛寺、華嚴寺、開泰寺、洪聖寺、興壽寺、龍興寺、靈覺寺、福嚴寺、崇寧寺、崇興寺、萬泉寺、慶壽寺、興國寺、地藏寺、玉清寺、弘教寺、萬壽寺、天橋寺、洪仁寺、香林寺、石佛寺、大善寺、聖恩寺、清凉寺、永慶寺、石經寺、觀音寺，

〔注一〕「護」字，原文漫漶不清，據康熙《順天府志》卷三補。

〔注二〕「在燕谷店」，原缺，「燕谷」二字，康熙《順天府志》卷三作「在燕公村」，民國《良鄉縣志》卷六載：「在縣西南燕谷訓」，據補。

〔注三〕「崇興寺」，康熙《順天府志》卷三作「崇寺」。

〔注四〕「在張謝村」，原文漫漶不清，據康熙《順天府志》卷三補。

已上俱在縣南。禪教寺、彌陀寺、崇勝寺、香山寺、延福寺、興福寺、寶慶寺、興教寺、新昌寺、雲居寺、圓覺寺、雲林寺、崇興寺、延普寺、石佛寺、觀音寺，已上俱在縣西。昊天寺、廣禪寺、華嚴寺、崇聖寺，已上俱在縣北。廣嚴寺、開泰寺、琉璃寺、興隆寺、大悲寺、興國寺、興壽寺、慶圓寺、洪聖寺，已上俱在縣東南。新昌寺、永慶寺、華嚴寺、興圓寺、嚴靈寺、雲居寺，已上俱在縣西南。歸依寺、洪化寺、香烟寺、華嚴寺，已上俱在縣東北。龍泉寺、興福寺、彌陀寺、福安寺、延福寺、崇興寺、延壽寺，已上俱在縣西南。長真觀，在縣治東北。真武廟，在拱極橋前。東嶽廟，在縣治東。西嶽廟，在方城十八里。三官廟，在北新街。龍王廟，在縣治東。三義廟，在王家村。藥王廟，在東紅寺。觀音庵，在相家莊。石佛庵，在圈頭。崇慶庵，在東押畝。悟雲庵，在米家莊。華嚴庵，在西徐村。波若庵，在畢家莊。普濟庵，在楊仙務。龍泉院，在知子營。施尼院，在魏村。大覺院，在褚林。龍泉院，在王馬。石佛閣，在蒲老岱。大師塔，在東徐村。嚴村塔。

香河縣

隆安寺、隆興寺、大塔寺、大雲寺、宣教寺、洪濟寺、嘉靖寺、寶慶寺、甘羅寺、土山寺、普圓寺、觀音寺、四處。聖嚴寺、興祥寺、興國寺、普祥寺、彌陀寺、奉聖寺、廣巖寺、回龍寺、興華寺、龍泉寺、二處。興福寺、寶泉寺、寶塔寺、寶光寺、定祥寺、華巖寺、興化寺、鐵佛寺、內鐵佛法身最大，有人夢欲去，遂以索繫其手，其佛遂之東光焉。今鐵手尚在。真武廟、三官廟、東嶽廟、娘娘廟、三義廟、關王廟，已上俱縣內者，三城外不可勝紀。火神廟、白廟、藥王廟、在河北屯二，形勢極大。子孫娘娘廟、豆官廟、龍王廟、觀音庵、二處。棲隱庵、大悲庵、朝陽庵、觀音閣。二處。

通州

嘉靖寺、净安寺，在州治東。永明寺、寶通寺，俱在新城南門外。净安寺，在東廂。迎福寺，在北關廂。龍頭寺，在潞邑二鄉朱家莊。觀音寺、二處。興安寺，在甘棠鄉七級屯。甘泉寺，在甘棠鄉。永慶寺，在孝行一鄉竇家莊中。竇林寺、延慶寺、壽安寺、興國寺，二處。已上俱在孝行二鄉。佑勝寺，在城南十五里。通濟寺，在城南十里古刹。廣福寺、佑民觀，俱在張家灣。海藏寺，在城南一十三里。古城寺，在城南一十四里。永光寺，在城北一十五里。寶光寺，在城西南。龍興寺，在富豪一鄉。普通寺，在城北西。靈應寺、法藏寺、隆禧寺，俱在城北。悟仙觀，在城南門外。玄靈觀，在新城內。天妃宮，在嘉靖寺東。西方庵。在潞邑二鄉翟村里。

三河縣

圓覺寺，城內東南隅。常興寺，在北宮社。彌陀寺，在如口社。德勝寺，在德勝社。延慶寺，在縣南達官屯。顯慶寺，南莊一社。普福寺，南莊三社。延福寺，在北宮社。東嶽廟，一在西夏店，一在北關。真武廟，一在縣北門，一在華家莊。三官廟，三處。三義廟，在縣南孫家莊。關王廟，四處。觀音堂，在縣西街。泰山行祠，三處。文昌祠，在縣西門。府君祠，在縣東門。火神祠，在縣南門。福田庵，在縣西東林莊。靈山庵，北靈山上。最勝庵，在南新莊。淨業庵。在南華莊。

武清縣

隆興寺、南宮寺、觀音寺、報恩寺、興禪寺、天寧寺、大頓丘寺、次州寺、黃后店、金花寺，俱在縣南。香林寺、北趙村寺、能仁寺、龍泉寺，俱在縣東。白家屯寺、韓村寺、牛鎮寺、藍城寺、園林寺、寶勝寺、龍泉寺，俱在縣北。南趙村大安寺、扶頭寶勝寺、法昌寺、仙莊寺，俱在縣東北。漫漫昭陽寺，在縣東南。北汪廣濟寺，在縣治西。雙廟北寺、真武廟，俱縣西南。三官廟，在小南街。三義廟，在縣東。龍王廟，縣治西門外，中有井泉，水甚甘。天齊廟、義濟廟，俱縣治東北。北章廟、黃后店無梁閣俱縣南。娘娘廟、南庵，俱南門外。北汪娘娘廟，縣治西北。朝陽寺、紅廟寺、南倉寺、北倉報恩寺、元通寺、玉皇廟、敕建。真武廟、三官廟、關王廟、龍王廟、敕建。火神廟、蕭公廟、藥王廟、娘娘廟、觀音堂，俱在河西務。隆慶寺，蔡村。洪崖寺，在泉州城。報成寺，敕建，楊村西北。望海寺，在小直沽。鎮海寺，在大直沽。關王廟，在沙河村。娘娘廟，倉上。田祖廟，浬口。天齊廟，在唐家灣。觀音堂，在老米店。玉皇廟、三官廟、娘娘廟、火神廟。

漷縣

佑國寺、龍興寺、覺華寺、大安寺、隆興寺、善慶寺、龍泉寺、鎮國寺、禧鎮寺、石佛寺、正覺寺、法寶寺、鎮海寺、崇興寺、朝陽寺、關王廟、龍王廟、火神廟、東嶽廟、三聖廟、藥王廟、三義廟。

密雲縣

龍興寺、大安寺、天門寺、普濟寺、三教寺、谷壽寺、福泉寺、禪林寺、護國寺、觀鷄寺、有仙人迹。孤山寺、雲峰寺、清濟寺、冶山上寺、冶山下寺、祐國寺、龍門寺、黑山寺、新寺、香岩寺、龍禪寺、龍泉寺、慶峰觀、清都觀、霞峰觀、文昌祠、五龍寺、祈雨輒應。忠義祠、真武廟、東嶽廟、三官廟、武安王廟、元君廟、觀音廟、北龍王廟、宴公廟、五道廟、童家廟、藥王廟、關王廟、了師庵、房兒谷庵、別谷院。

涿州

雲居寺，在城東北。智度寺，在雲居寺前。慧化寺，在城西北。西禪寺，在東關。龍泉寺，在南關。地藏寺，在北門瓮城內。觀音寺，城東門內。普壽寺、有勑賜碑。華嚴寺、東禪寺、興隆寺、圓通寺、净安寺、照慶寺，俱城東十里。月池寺、壽聖寺、佑聖寺，俱在城西南。萬壽禪寺，縣北六十里。石經寺、龍峰寺、福勝寺、靈鷲寺、嘉福寺、慈光寺、上方寺、廣教寺、崇玄觀、□元觀、陰陽宮、穀積庵。俱縣東北。

房山縣

福聖寺、靈鷲寺、慈光寺、白水寺，又名大佛寺，在縣西北十二里。元宵十六日，邑人玩賞甚衆矣。上方寺，在縣南五十里。鑿石爲磴，攀鐵索而上，絶頂有泉如斗泊不窮。有修竹千竿，清爽逼人，又名兜率寺。廣教寺、十字寺、十畝平、玄元觀、靈陽觀、混元觀、三皇廟，俱縣治西北。金山寺、木嵓寺、雲峰寺、中山寺、東峪寺、慧化寺、歡峪寺、龍興寺、普興寺、林禪寺、福勝寺、白雲寺、五鳳庵、禪房院、莊公院、娘娘廟，俱在縣治西南。萬佛寺、

潮陽寺、清涼寺，俱在縣治東南。弘業寺、三官廟、玄帝廟、關王廟，俱縣治西。亂塔寺、觀音寺，俱東北。普興寺、佛光寺、二郎廟，俱在縣治南。華嚴寺、寶勝寺、瑞雲寺、千佛寺、龍泉寺，俱在縣治西東。天寧寺、常業寺、崇福寺、寶華寺、萬佛唐、龍王廟、府君廟，俱在縣治北。永樂寺、□□廟，俱在縣治東。連泉寺、普光寺，□□□□，净業寺，在祿金山。青龍寺，在萬佛塘下。黑牛水寺、雲居寺，在小西天，即西峪寺。觀音庵，在縣治門外。紅羅險，近小西天。亦攀鐵索而上。

霸州

普濟寺、湖海寺、普濟教寺、叢林寺、鎮觀寺、觀音寺、四處。大覺寺、普安寺、普和寺、泉寧寺、興國寺、

興善寺、永興寺、開大寺、圓通寺、真武廟、東嶽廟、關王廟、龍王廟、五龍王廟、三官廟、三義廟、文昌祠、天妃祠。

大城縣

觀音寺、觀音堂、聖母行宮、興寧寺、崇聖寺、存留寺、永安寺、海潮寺、石佛寺、海月寺、老君堂、火神廟、藥王廟、劉十八郎廟、玉皇廟、三義廟、三官廟、真武廟、聖賢廟、東嶽廟、龍王廟、金龍四大王廟、關王廟、太行宮、文昌祠、二郎堂。

薊州

獨樂寺、廣福寺、廣濟寺、静安寺、白澗寺、雲泉寺、中盤寺、上方寺、天城寺、天香寺、甘泉寺、白岩寺、報國寺、龍泉寺、香水寺、環秀寺、天寶觀。

玉田縣

真武廟、東嶽廟、三官廟、壽亭廟、龍王廟、二郎廟。

豐潤縣

弘法寺、天宫寺、觀鷄寺、翠峰寺、甘泉寺、祐國寺、王化寺、興禪寺、歸依寺、福興寺、影水寺、真常寺、雲水寺、沙巖寺、香山寺、阿彌寺、靈照寺、佛樂寺、靈泉寺、望海寺、錦禪寺、泥河寺、壽峰寺、净嚴寺、洪陽寺、福嚴寺、興福寺、圓閣寺、大覺寺、福慶寺、興雲寺、永慶寺、圓净寺、黑馬寺、白馬寺、護國寺、聖嚴寺、金山寺、大悲寺、雲蓋寺、靈應寺、翠峰寺、真常觀、澄清觀、朝陽觀。

平谷縣

覺雄寺、慈福寺、臨泉寺、興隆寺、香嵐寺、興善寺、白雲寺、勝水寺、雙泉寺、三泉寺、龍泉寺、安固寺、净寧寺、净嚴寺、石佛寺、竭山寺、朝陽觀、延祥觀、真武廟、東嶽廟、關王廟、二郎神廟、火神廟、龍王廟、會雲庵、彌陀庵。

永清縣

崇教寺、龍泉寺、會福寺、寶塔寺、精嚴寺、隆慶寺、隆興寺、洪覺寺、洪教寺、保安寺、清嚴寺、觀音寺、龍恩寺、雲華寺、觀音寺、龍眼寺、興服寺、大覺寺、隆興寺、洪正寺、永慶寺、興華寺、觀音寺、清凉寺、昭慶寺、龍泉寺、普明寺、興禪寺、禮當寺、興化寺、東華觀、通真宫、觀音庵。三處。

文安縣

靈集寺。宣德丙午年奉敕建修。

保定縣

天寧寺、清涼寺、觀音寺、普照寺。

順義縣

締興寺、龍興寺、廣福寺、聚真觀、白雲觀。

懷柔縣

資福寺、定慧寺、弘善寺。

寶坻縣

廣濟寺，元太平五年建。大覺寺。大定二年修。

昌平州

昭聖寺，唐乾符六年建。瑞光寺，成化十一年建。神壽寺，成化二十年建。法雲寺，弘治九年建。廣壽寺，正統九年建。廣寧寺，正統元年建。法華寺。大定元年建。

遵化縣

大慈閣、廣慧寺、慈應寺，在夾山中。唐貞觀中建。成化時重修之。福泉寺。即湯泉寺。貞觀二年建。萬曆五年，戚總兵建道院行館。内有流觴曲水，水簾浴池，□勝境也。

創造

國家令甲，立法規恢，纖悉叵遺，非不犂然具也。然而制作所未備，精神所不及，未始不賴夫後之賢者，補遺救弊，使澤及來祀，此其功與更始善治等矣。昔人有云：制度禮樂，由賢者起。其是之謂耶！

新建東關春亭記

茶陵譚希思

府故事，立春之先日，京兆尹率僚屬官有事於迎春，由東關迎入府，由府迎入朝，首進皇上春，進聖母皇太后春，次進中宮、皇子春。金璧熒煌，製造工緻，大非各省直郡縣芒神、土牛之比。由斯之制，推斯之意，非春秋所以大書春王正月之義。《禮記》所謂天子迎春於東郊，「布德和令，行慶施惠，下及兆民」之遺意乎？然郡縣迎春，類有春牛亭，京國亭獨闕。各官僕僕，亟拜於荒坡野草之間，車塵雍雍，若從滃霧中出。萬曆癸巳，大京兆謝公漢甫傷王春之大，不宜若是輕也，下檄知宛平縣事沈尹榜、署

大興縣張丞元芳，議爲亭。各捐贖鍰若干，佐公帑，請於上而建之，報曰可。以是年四月，命丞王命賞、簿劉諧董其事，閱月餘而功訖。斯舉也，不煩司空，不問閭巷，而芒神有廳，駐旌有所，以候節氣，以崇壯麗，蓋彬彬乎大觀矣。會京尹以巡撫南贛行，諸僚屬謂余署府事，當有記。

余詰之曰：是亭之作，以迎春也。《書》之言曰：「每歲孟春，遒人以木鐸徇於道路。」老氏之言亦云：「衆人熙熙，如享太牢，如登春臺。」吾儕奉天子休命，任司牧重寄，其若何爲木鐸，若何登吾民

春臺哉？則有舉《鶡冠子》所謂斗柄東指，天下皆春爲言者。余曰：是《易》所謂「萬物出乎震」。制乎天者也。不聞因時之序，開發德號，爵賢命士。流寬大之澤，垂仁厚之恩，如《漢書》所紀乎。然而聖明在宥惠養元元，而民不蒙庥，何邪？則有舉《漢章帝紀》所謂方春生養，萬物莩甲，宜助萌陽，以育時物爲言者。余曰：是漢所患百姓省憂，其議所以賑貸，制乎君相者也。不聞退貪殘，進柔良，恤幼孤，賑貧窮，省囹圄，求隱賢，則萬物應節而生，如《京房傳》所載乎？然而蠲租減賦，任賢省刑，德意頻頒，而民困愈甚，何邪？然則吾儕當任其責矣。《孟子》曰：「萬物皆備於我。」《尸子》亦曰：「春爲忠，萬物咸遂，忠之至也。」夫謂之皆備，則天地民物，通諸人心，當有同春，一物不遂，忠斯隘矣。粵若由溺由饑者，春意盎已，伊尹一夫耳。君不堯、舜，若撻之市民，不被堯、舜之澤，若推之溝，此其滿腔春意，爲何如者？故能佐時保衡，商家同春。然則吾儕爲聖君守土，而不有若撻若推之思，謂吾民何，謂吾君何？非天所以陽生萬物意矣。善乎，真西山之守潭州也。題其亭曰：此邦舊稱唐朝古，我輩當如漢吏循。今日湘亭一杯酒，敢煩散作十分春。余於斯亭亦云。

大興縣義冢記

閩長樂謝杰

都甿雅不善營，存無擔石之儲，殁多弃其骨於野。故郊關之外，例有義塋以掩骼也。惟安定門獨闕，會大興張丞視縣事，感於抱關朱道洪氏之議，爲捐俸市地凡三十畝以請，計地可掩骸二百餘，則三十畝者六千夫之葬地也。余義之，相以十金，丞因乞言於余。余惟：古者分田制里，一夫八口，各有定業，故孟氏夫子，以養生喪死無憾爲王道之始。余大

京兆，職在保釐，顧獨不得爲此，乃詡詡然，矜尺寸之地以爲恩，亦淺之乎其爲夫矣！丞曰：「是固然，第長安都會之地，豪俠所憑，弱肉强食，已非一日。今日塋之，明日侵之，如莩者何？以官治之，則法行而可久，徒杠輿梁，民不病涉，不可謂之非王政也。」余是丞言，因授數語詒之，志事且志愧耳。豪有侵疆干吾法者，必非翁伯其誼也者，余且得稟三尺以繩其後。丞名元芳，吾郡之閩縣人。賢聲籍籍，爲當路所重，茲亦見其一班云。

重修觀音堂記在義冢傍修之，以守冢地。

閩人張元芳

余聞之，唱無緣之慈者澤深，行無漏之檀者施厚。況委曲陰謀，周旋生滅者哉！是以枯骨推仁，置衆生於此域；玄津重柮，超异物於彼岸。且飛光現瑞，靡祈不嚮，列刹相望，奚代匪然。善哉佛氏，時義遠矣！兹觀音堂者，沙門如仁愷照所修也。原其攸自，基肇於國初；核其更葺，業定於嘉隆。此方教體清净，寄於音聞，旋倒聞機，何當舍近求遠耶？雖非天竺拘盧之仿佛，其亦逢萊兩露之沃蕩。時唯萬曆廿有一年，京兆謝公、譚公觀政順天，樹風畿甸，惠德多方，政平刑肅。念暴露之歸人，擇沙場之一候。率屬捐貲，經營義冢，俾崩榛塞路古墱峥榮者，咸得委骨窮塵，埋魂地下。復爲斯室，崇基表，刹薙草，纂修爲舍，生啓良蘖，爲皇圖延鞏績。背覺合塵，有樽俎之師；沉淪幽界，無藩籬之固。誠所謂生有興而死得歸，一役樹而二美具。其於化民成俗，厥庸孔多。京兆以爲斯堂靡記，則丘壠罔幾，亦各并時而榮，咸濟厥世而屈。説者尚何稱於後？因命余爲記，而言時稱伐焉。竊謂一丸之土，何足東封函谷，而萬年之澤，庶幾表見觀風者云。

宛平縣義冢記

長樂謝杰

宛平據都城之西偏，都門之闢於右者咸隸焉。門各有義塋，收諸不能葬者。唯彰義門獨闕，視東縣之安定云。沈大夫令宛平之三年，政成，議置之。斥地如干畝於門之陰以爲塋，甚惠舉也。余樂之助以十金，而爲之言。嗟！蒿里之葬，詎盡愚且賤者哉？余聞宣聖之考，封於五父。吳季之胤，瘞諸嬴博。彼賢聖之子若父猶如

是，信乎叢林之當重也已。在上烏鳶食，在下螻螘食，無所不可。是達者之寓言，非仕者之卮言也。澤及枯骨而周興，爨及析骸而宋弱，非前事之明鑑乎哉！沈大夫之智，其辨此矣，宜其有是舉也者。抑余聞之，生有所托者死有所歸，其無所歸者必其無所托者也。今之累累骨立者，非無所托者與？欲其歿之有所歸也，難矣！余嘗謀所以活貧兒之道於大夫，謂其計在於利之，利取諸酒人不可，利取諸冢人不可，以其利一而害百也，業爲大夫禁之矣。然竟猶怦怦未已，獨計恤

孤之饑，侵於富兒，不被於貧兒，非算也。取諸彼以與此，猶爲愈之，是云不宰之利，庶幾其有所托而歸者。嘻，是在大夫而已矣。大夫名榜，楚之臨湘人，治行爲赤縣第一，余故厚望之乃爾。若沾沾於一丘之澤，爲大夫多恐桑庚楚，且竊笑之。余則不能。

順天府志卷之二終